Alégrate

¡Lee todos los libros de UNICORNIO y YETI!

UNICORNIO Y YETI

Alégrate

escrito por
Heather Ayris Burnell

arte de
Hazel Quintanilla

ACORN™
SCHOLASTIC INC.

Para Noah, ¡mi mejor amigo! — HAB

Para Patricia y Hector.
Ustedes siempre saben cómo alegrarme. — HQ

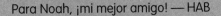

Originally published in English as *Cheer Up*

ISBN 978-1-338-71550-7

10 9 8 7 6 5 4 3 2 1   21 22 23 24 25

Printed in China   62

First Spanish edition, 2021

Book design by Sarah Dvojack

Contenido

El regalo

Unicornio se acercó a Yeti.

2

4

¡Ábrelo!

¡Está bien!

Solo quiero darte un regalo.

Qué amable.

Pero yo no tengo un regalo para ti.

No te he dado un regalo para que **tú** me dieras uno a **mí**.

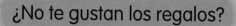

¿No te gustan los regalos?

Claro que me gustan.
Pero este regalo es para ti.

Creo que te
gustará mucho.

Aun así me siento mal por no darte uno.

Alégrate, Yeti. ¡Recibir un regalo debe ser divertido!

Me pregunto qué será.

AGITA AGITA

AGITA AGITA

¡¿Puedes acabar de abrirlo?!

Yeti abrió el regalo finalmente.

¡Brrr!

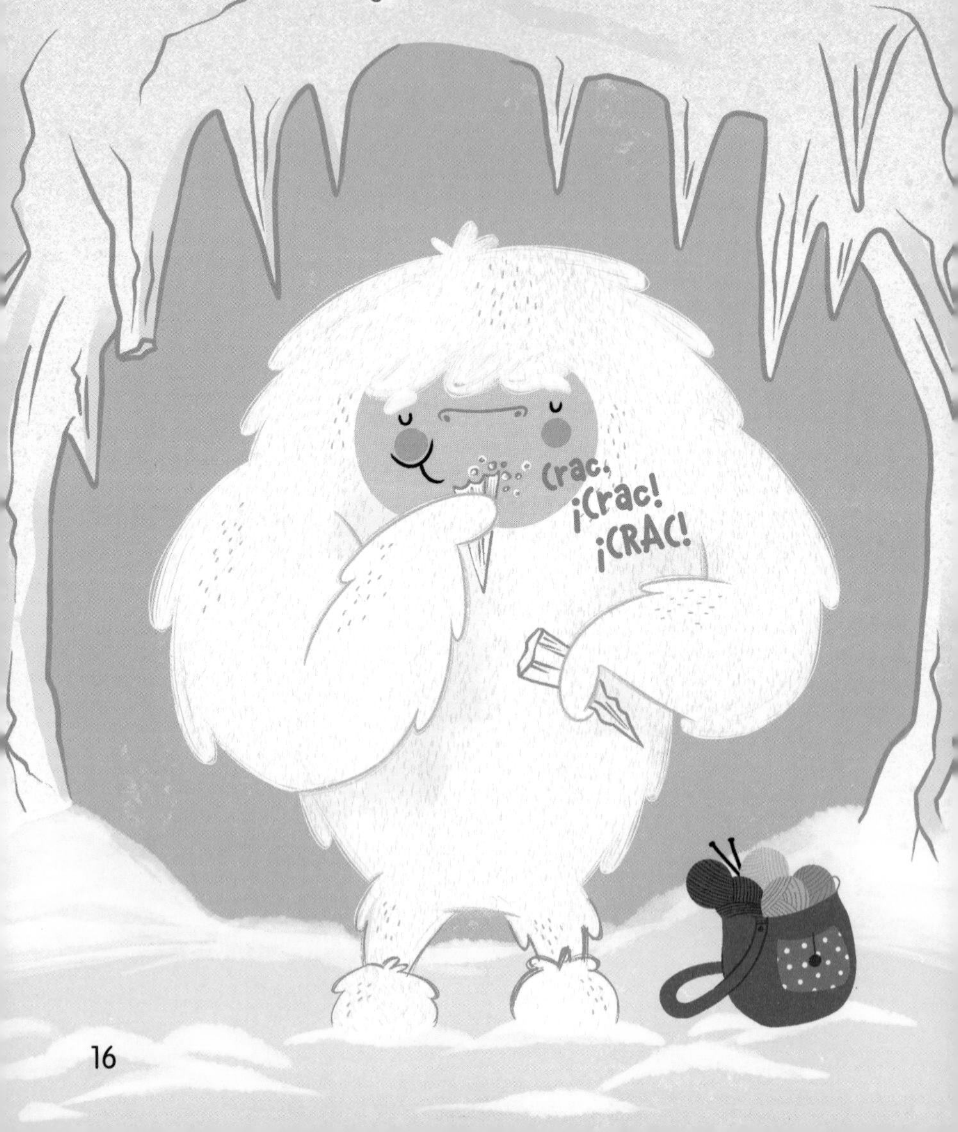

¿Qué estás comiendo?

Estoy comiendo carámbanos.

Crac.
¡Crac!
¡CRAC!

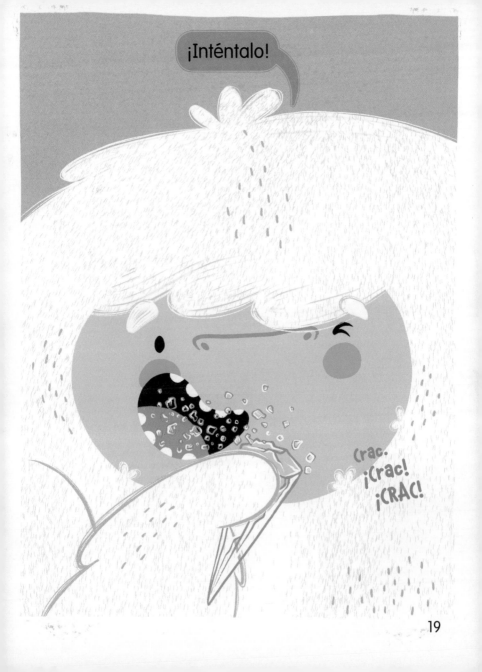

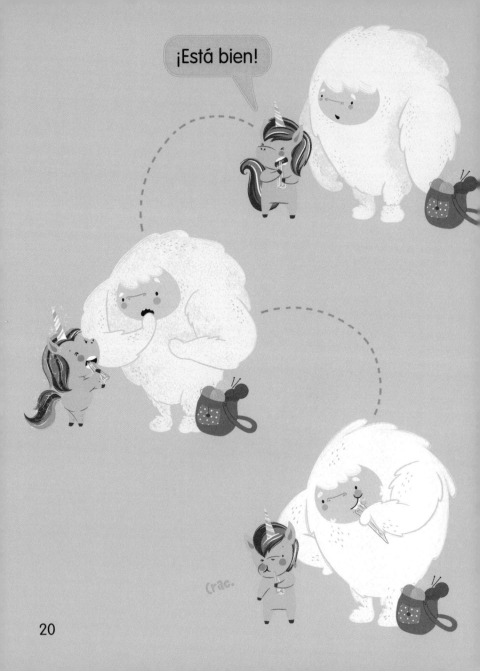

22

No te ves
muy bien.

Brrr.

Comer carámbanos
me ha dado frío.

¡Brrr!

Quizás deberías dejar de comer carámbanos.

Sí, debería.

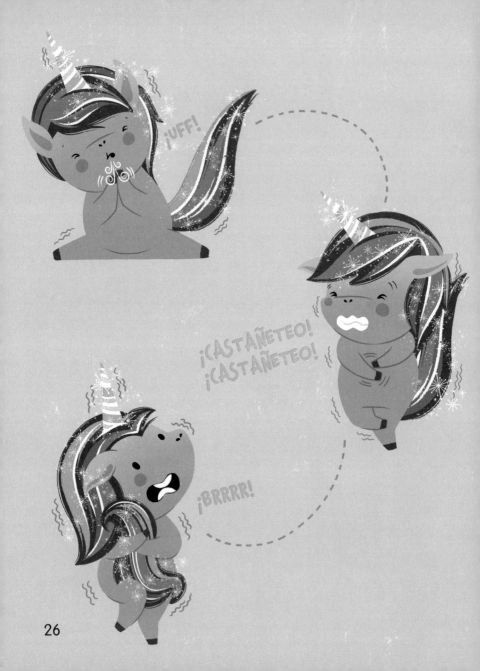

Yeti tejió un gorro.

¡Este gorro te calentará enseguida!

¡Gracias!

Es un gorro calentito.

¡Brrr!

Crac.

Pero todavía tengo frío.

¡Necesitas una bufanda!

Yeti tejió una bufanda.

Gracias. Me gusta esta bufanda.

30

Yeti tejió unos mitones.

Eres muy bueno tejiendo. También eres rápido.

Ahora tejo rápido.
¡Estoy practicando mucho!

Gracias, Yeti.

Creo que así estoy bien.

No sé si me podré poner **todas** estas cosas.

No te preocupes.
No te la tienes que poner.

Yeti tejió y tejió y tejió.

¿Qué es esto?

Es un sendero.

Unicornio y Yeti subieron una loma.

Unicornio y Yeti bajaron una loma.

¡Me gusta este sendero!

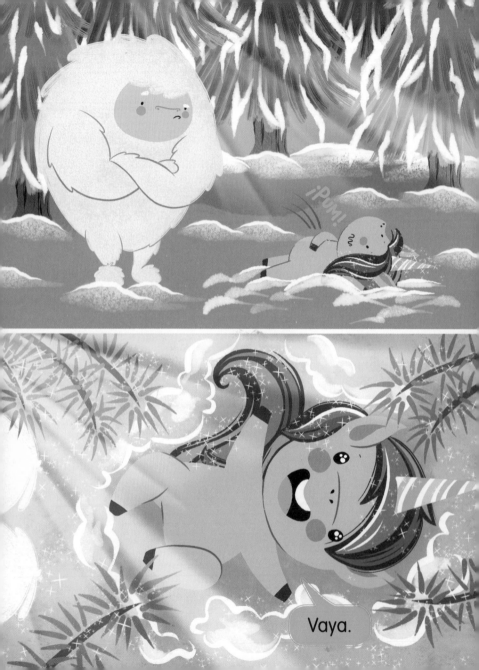

¡Ahora veo las agujas verdes increíbles!
¡Ahora veo las ramas nevadas increíbles!

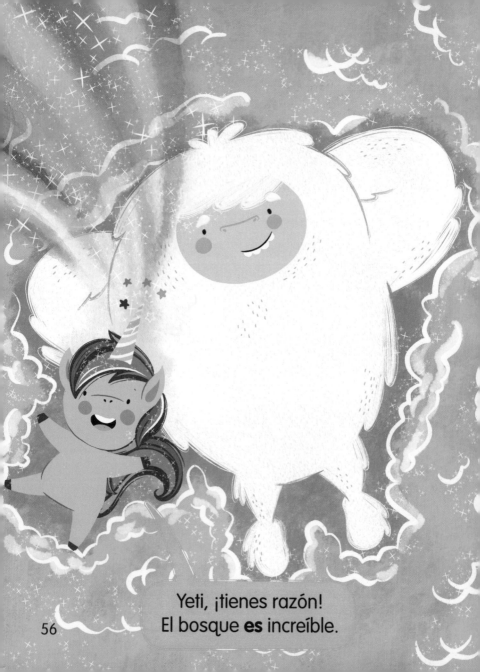

Yeti, ¡tienes razón!
El bosque **es** increíble.

Sobre las creadoras

Heather Ayris Burnell vive en el estado de Washington, donde le gusta salir a caminar por cualquier tipo de sendero. A veces, en el invierno, ¡siente tanto frío que cree que se va a poner azul! Afortunadamente, siempre tiene a mano su gorro

tejido favorito para mantenerse calentita. Heather es bibliotecaria y la autora de Unicornio y Yeti, una serie para lectores principiantes.

Hazel Quintanilla vive en Guatemala. Hazel siempre supo que quería ser artista. Cuando era niña, llevaba un lápiz y un cuaderno a todas partes.

¡Hazel ilustra libros infantiles, revistas y juegos! Y tiene un secreto: Unicornio y Yeti le recuerdan a su hermana y a su hermano. Sus hermanos hacen tonterías y son simpáticos y extravagantes… ¡igual que Unicornio y Yeti!

¡TÚ PUEDES DIBUJAR LA BOLSA DE TEJER DE YETI!

1 Dibuja una bolsa con un lápiz. (En los próximos pasos borrarás partes del dibujo).

2 Añade un bolsillo y un asa a la bolsa. Dibuja un botón en el asa.

3 Dibuja dos círculos superpuestos en la parte superior de la bolsa. ¡Son bolas de estambre!

4 Dibuja tres bolas de estambre más. Añade un botón con un cordel en el bolsillo.

5 Dibuja líneas en las bolas de estambre. ¡Y no olvides dibujar las agujas de tejer!

6 ¡Colorea el dibujo!

¡CUENTA TU PROPIO CUENTO!

Unicornio tiene mucho frío. Yeti lo ayuda a calentarse. Yeti le teje un gorro, unos mitones y muchas cosas más a Unicornio.

¿Cómo podrías ayudar **tú** a Unicornio a calentarse? ¡Escribe y dibuja el cuento!